SetedeSeis

TonWelling B. S.

ISBN: 9798672222240

DEDICATÓRIA

Esse capitulo, é para você, que tem magia, e para os que
não tem, também é.
Dizem que nossas palavras são a nossas fontes magicas, e que
devemos usar como cura.

CONTEÚDO

AGRADECIMENTOS

Se você chegou aqui, ansioso para saber mais sobre esse magnico mundo, dos SetedeSeis, está ai o primeiro capitulo.

SETEDESEIS
A Feiticeira de Ferro
Primeiro capítulo grátis
TonWelling B. S.

. CAPÍTULO 1
NAÇÃO DO FOGO

A cordilheira que separa os reinos da França e Espanha agora é palco de mais um reino, o reino de Kendra Ignis, grã-mestre, considerada a maior bruxa de todos os tempos, respeitada e admirada por todo o mundo, nascida em Otam em 1500, um mundo paralelo ao da Terra. Ela tem uma filha chamada Brígida, que é casada com John, um casal de príncipes muito proativos e amigáveis com os foguenses, aliás, quem nasce em Otam é Otanamo e por aí vai.

Os reinos mágicos dividem espaço com o mundo dos humanos terrestres, ou, como são conhecidos pelos otanamos, os não-mágicos. Os foguenses têm uma característica quase que única, o Rutilismo. Todos os nascidos lá são ruivos, poucos nascem com os cabelos castanhos. O reino Nação do Fogo é o lar dos bruxos mais ricos e influentes, de escritores, de cantores líricos e de comerciantes. Apesar do nome, eles conseguem conjurar todos os feitiços, se treinarem, até os feitiços com outros elementos se podem fazer.

Em meio a uma convivência um pouco desastrosa com os não-mágicos, em uma quarta-feira ensolarada, Kendra e a Nação do Fogo recebem a melhor notícia em séculos: nasce a princesa Elizabeth Liz Ignis. Nossa história começa após a cerimônia de nascimento de Liz, como começou a ser conhecida pela Nação do Fogo, e por todos os reinos que residiam na Terra. Zeus e Hera mandam uma flor como presente, a qual chamaram de Flor-de-lis, uma flor com um caule verde e pétalas com um vermelho intenso.

A nação do Fogo começa a usar o símbolo de flor-de-lis em todos os seus escudos e bandeiras, e já estão por grande parte do sul da França e no País Basco da Espanha. A moeda oficial do reino é o dobrão de ouro com o símbolo da flor-de-lis. Eles começam a fazer negócios com os reinos dos não-mágicos, como os próprios Espanha, França e Portugal, fora os reinos mágicos, como o reino da Irlanda, onde os elfos produzem as varinhas para serem distribuídas.

A localização deles começa a ser olhada por guerrilheiros e ladrões de terras. Em um acordo histórico com o povo basco, a grã-mestre Kendra Ignis assina um acordo com o povo não-mágico, de proteção mágica, impedindo que roubassem sua cultura e destruíssem seus povos. Em troca ela poderia transportar, pelos mares, suplementos para os reinos de Patrick.

Liz está crescendo muito rápido. Já com seus cinco anos, dá muito trabalho para seus tutores de magia, colocando fogo em quase todas as cortinas do castelo. Sua avó Kendra sempre está de olho em seus avanços na magia. Sua mãe está no País Basco com o seu filho do meio, Aries, ajudando e trabalhando com os bruxos da Nação do Fogo. A pecuária é um dos focos deles. Já seu pai e Alev, seu filho mais velho, estão na França, com a parte da agricultura.

O castelo está situado em alguma parte das montanhas Pirineus, com quatro torres principais, bandeiras com a flor-de-lis agora sendo símbolo da Nação do Fogo. Há uma entrada principal e janelas grandes, com vista para todos os quatro cantos. Em cima da montanha, só há uma entrada para o castelo. Ela é de terra batida, e dos dois lados há um pequeno gramado com flor-de-lis nascendo em abundância. Por alguns anos a paz reina no castelo.

O sol nasce, atingindo o quarto de Liz, onde ela ainda dorme com uma boneca que seu avô havia feito para sua mãe. Sua cama tem lençóis vermelhos, madeiras que quase vão até o teto e cortinas descendo por elas. O guarda roupa é todo de madeira de pau-brasil, há uma escrivaninha próxima de sua cama com um copo d'agua e as janelas dão um toque especial, com flores nascendo em suas entradas.

Ela acorda com uma gritaria vinda do salão principal do reino, corre para a janela e vê algumas pessoas caídas na entrada do castelo, outras correndo pela estrada. Ela tenta abrir a porta, mas não entende o porquê de não conseguir abrir. Olha por baixo e consegue ver que alguns soldados que estavam na torre estão correndo. Ela grita, mas o som não parece sair de dentro do quarto.

Já sem saber o que fazer, ela volta para a janela, vê uma mulher com um cabelo cacheado de frente para seus pais. Seu pai está de joelhos no chão e sua mãe, apontando a varinha para ele. Quando uma rajada de luz muito forte aparece e ela grita, um grito tão doloroso que fez a mulher misteriosa olhar para o rumo da janela.

Vitória volta para dentro do castelo, passando ao lado dos corpos empilhados e dos soldados, e sobe a escada principal com sua varinha de osso, fazendo todos os quadros caírem e virarem pó antes de chegar ao chão, seu olhar negro e uma fumaça saindo de seus poros. Está um pouco ofegante, como se tivesse travado uma batalha com alguns deuses bruxos.

Ela para de frente a uma parede que não parecia ter nada. Com os olhos fechados ela respira fundo, então, abrindo seus olhos, ela aponta a varinha para a parede e a quebra, destruindo um feitiço que a mãe de Liz fez para esconder a sua filha, mas o feitiço não é o suficiente.

Olha e vê um quarto bem bagunçado, sente o cheiro de uma criança, mas não vê nenhuma, ela entra e olha para um lado e para o outro. Escuta uma pegada e, virando fumaça, aparece no salão de festas, onde vê Kendra à frente de uma criança.

- O que você está escondendo aí, sua velha?

Liz, tentando esconder a varinha que sua avó acabara de entregar-lhe, se curva mais um pouco, agora com o medo real de tudo que está acontecendo. Ela olha para o chão e suas lágrimas caem, sem parar. Sua avó, com os dois braços abertos, protege tudo que é sagrado para ela.

- Elizabeth Liz Ignis, seu coração é puro e bondoso, não se perca. Lembre-se que o bem sempre será mais forte que qualquer mal.

Kendra bate as duas mãos, e Liz fecha os olhos por conta de uma luz branca muito forte. Ela aparece em Portugal próximo de uma cidade, com um porto e navios ainda a serem carregados. Ela avista alguns marujos fazendo boas ações para os habitantes daquele vilarejo.

Ela escuta uma conversa de alguns piratas, "...não se pode ter mulher no barco, dá má sorte". Olha para uma casa, e uma senhora está colocando as roupas de sua família no varal. Ela percebe que essa senhora tem um filho da altura dela. Então, corre até atrás de uma cabra presa por uma corda, esperando a senhora ir para dentro de casa.

A senhora termina de colocar as roupas lá e vai para dentro buscar mais. Enquanto isso, Liz pega o necessário para seu disfarce. Quando a senhora volta, ela não encontra as roupas de seu filho e começa a procurar. Quando olha para o chão, vê dois dobrões de ouro com o símbolo da flor-de-lis dos dois lados.

Liz vai para traz de um bar só para piratas e começa a colocar a roupa por cima de sua roupa. Ela escuta alguém falar "... a feiticeira de ferro matou a grã-mestre da Nação do Fogo", mas ela não sabe quem falou isso, ela se inclina e acaba caindo.

- O que é isso aqui? – diz um pirata com a barba azul e um tapa-olho com um símbolo de caveira de elfo, e o outro parecia estar meio sem visão.

- Ah desc... – Ela tosse e engrossa a voz – Eu sou só um pirata a fim de uma nova aventura, senhor.

- Um pequeno pirata sem barba, ninguém é um pirata se não tiver uma barba.

Ele se vira para voltar a conversar com o outro pirata. Ela coloca a mão sob sua varinha na botina, conjura um feitiço inaudível, e uma pequena barba vermelha começa a tampar seu rosto. Engrossando um pouco sua voz, ela dá um pulo de felicidade pelo feitiço ter dado certo.

- Você não vê que dois piratas de verdade estão conversando – diz o pirata que se vira para falar com ele. – O que é isso aqui, uma barba? Como fez ela crescer tão rápido?

- Ora pois, agora vem me dizer que você confia nesse olho quase cego seu, deixa ele falar com um pirata de verdade. Venha, meu jovem, deixe a barba roxa para lá. Vamos para o bar e beber um rum ou algo mais forte, que tal?

Era um homem de altura mediana, albino, com uma barba loira por fazer, mas um pouco queimada de sol, um chapéu branco com uma pena preta, um casaco grande e branco como a neve. O pomo da espada tinha desenhado uma cabeça de um tigre feito de prata, o cabo até o guarda mão é todo feito de madeira real, uma madeira mais resistente que o aço dos não-mágicos.

- Obrigado, meu nobre companheiro pirata – diz Liz meio desengonçada ainda.

- Uma coisa o Barba Roxa aqui tem razão, tu és um pequeno pirata, hein. Vamos para o bar, eu vou para a casa de banho e tu vais pedindo nossas bebidas. Barba Roxa, depois a gente conversa.

Eles vão em frente, Barba Roxa fica para traz com um olhar desconfiado e anda em direção ao porto, onde estava seu navio. Liz abre as duas portas de frente do bar. O barulho, que é ensurdecedor, cessa, e todos olham para ela, fazendo-a ficar sem jeito e assustada.

- O que tu queres aqui, pequeno ser? – questiona o dono do bar.

- E... eu quero rum.

- Não dá pra te entender, você já é baixo e ainda fala baixo, o que tu queres aqui, pequeno?

- EU QUERO RUM.

- O que todos querem aqui.

- Então dê rum para todos, eu pago – diz ela.

Todos voltam a gritar e a chamam para entrar. O que era assustador começa a ficar amigável, e todos começam a cantar uma música de pirata, mas parece mais uma melodia boa, já que nenhuma letra dá para entender. Ela se aproxima do balcão e com um pouco de dificuldade se senta em um banco alto, escutando o dono do bar dando uma risada.

- Acho que você, pequeno ser, pensou errado, vai pagar muito caro por oferecer rum para esses piratas bêbados. Tu terias que ter muito dinheiro ou um dobrão de ouro.

Ela tira dois dobrões de uma bolsinha lateral de sua roupa e coloca no balcão dele, ele pega uma e olha dos dois lados a flor-de-lis desenhada. Ele fica com um olhar estranho, vai até embaixo do balcão, pega mais uma garrafa de rum e manda que os piratas a levem e se sirvam.

- Com esse dobrão aqui, pequeno ser, até um pequeno almoço você pode ganhar.

- Está muito cedo para comer um almoço, mas estou com fome.

- Ele vai querer para viagem, e a garrafa de rum que ele pagou, pode deixar que eu levo também – diz o pirata albino, que pega o outro dobrão que estava no balcão. – Vamos, pequeno pirata, a aventura nos espera.

Eles saem do bar e os piratas continuam cantando, até mais alto, já estavam quase caindo. Eles vão em direção ao porto, de longe Liz vê um barco grande e com muitas pessoas a bordo. Ela se empolga, mas se segura um pouco. Ela olha para o pirata e o questiona.

- Qual o seu nome, meu nobre pirata?

- O nome desse nobre pirata é Frederico, mas pode de me chamar de Fred.

- Sério? Não é Barba Branca? Ou algo assim?

- Você acha que eu estou brincando? Pela sua barba ruiva, você seria a Barba Vermelha dos Sete Mares?

- Isso mesmo, muito prazer.

Eles chegam próximo do fim do porto, que era feito

todo de madeira, e pequenos barcos estavam na borda de lá. Ele pula em cima de um barco e a chama para pular também. Ela vai sem medo, e ele pega dois remos e entrega para Liz, que começa a remar com bastante dificuldade.

- Então, senhor Barba Ruiva dos Sete Mares, quem o senhor quer enganar?

- Como assim? O que você está querendo insinuar?

- Eu não quero insinuar nada, mas eu conheço o verdadeiro Barba Ruiva, e não existe nenhum outro no mundo que eu não conheça. Que tipo de ladrão é você?

Ela olha para todos os lados, percebe que já estão longe de terra firme e se assusta com ele a questionando mais ferozmente. Ele bate o pé no chão e ela deixa os remos caírem no mar, ele mostra o dobrão para ela, fazendo-a tirar as mãos do rosto e olhar para a cara dele.

- Onde você roubou essa moeda? – Questiona Fred, que começa a gritar – ME DIGA, SEU PEQUENO LADRÃOZINHO

- Eu não roubei senhor, eu ganhei da minha avó.

- Sua avó deve ter roubado de alguém da família real, e isso dá pena de morte, ou só vão arrancar as suas mãozinhas. – disse ele tirando a espada lentamente da bainha.

- Por favor, senhor, não, eu juro que não roubei.

- Então você é um espião, o que você é?

- Se eu contar, vou ter que apagar sua mente depois disso.

- Pois tente, pequeno ladrãozinho.

- Eu sou Elizabeth Liz Ignis, a neta da grã-mestre Kendra Ignis, herdeira da Nação do Fogo.

- É melhor você conseguir tirar sua varinha e apagar a minha mente antes que eu tire a minha espada.

- Como assim? Você sabe da minha varinha?

- Sim, eu também vi você roubando a roupa do meu primo, que a minha avó estava colocando para secar, também vi você usando o feitiço para essa pelugem que tu chamas de barba.

- Nossa, desculpa por isso, eu só peguei emprestado.

- Tudo bem, eu a vi feliz com um dobrão da Nação do Fogo na mão. Suponha que você é quem diz que é, o que faz tão longe de casa, pequena?

- Estou indo para a casa do rei grão-mestre Patrick Smith Cure, precisamos de ajuda, fomos atacados.

- Eu ouvi dizer que a feiticeira de ferro, bom, matou a grã-mestre da Nação do Fogo.

- Impossível, minha avó é muito forte, ela nunca perderia pra uma outra bruxa. Ela fez um feitiço para me tirar de lá, mas foi só para eu não atrapalhar as duas.

- Meus marujos disseram que ela não é uma bruxa qualquer.

- Marujos... Estamos muito tempo em mar aberto, e até agora não vi um navio de pirata.

- É porque estávamos em cima dele.

- Esse barquinho?

- Você pode ser uma princesa, mas não conhece o mundo ainda. Se tivesse nascido em Otam, saberia que nem tudo é o que parece.

O barco começa a balançar muito e ir para cima com um estrondo alto. Liz quase cai, perdendo seu equilíbrio, e ele a pega. Ela olha para baixo e vê o navio, que era submerso, e agora está quase todo de fora da água. Percebendo a grandeza do barco, cheio de pessoas de vários reinos, ela reconhece os do Reino da Água.

Com seus olhos cheios e um grande sorriso no rosto, Fred pega a pena de seu chapéu e ela percebe que é uma varinha, ele balança de baixo para cima e o feitiço que estava em seu rosto começa a desaparecer junto com sua barba. Ela coloca a mão no rosto.

- Eles não podem saber que tem uma mulher no barco. Eu ouvi dizer que dá azar.

- Primeiro, você é uma criança, não uma mulher. Segundo, você deve ter escutado os não-mágicos. Nós, os bruxos lhes fizemos acreditar nisso, já que eles estavam sequestrando mulheres.

Ele ponta sua varinha para baixo do barco, fazendo virar um grande escorregador, caindo para dentro do navio. Eles escorregam, ela cai em cima de uns sacos de feno, ele cai em pé, e os marujos gritam, comemorando a chegada dos dois. Ela percebe que tem vários tipos de povos lá dentro do Navio, principalmente da Nação do Fogo.

- Seja bem-vinda, Princesa Elizabeth Liz Ignis, herdeira do trono da Nação do fogo.

Todos começam a se curvar e ela começa a levantar com ajuda do Fred. Ela olha e até as estatuas de madeira do barco estão se curvando. Liz anda no meio deles e eles vão se levantando. Uma mulher chega perto dela, com o símbolo da flor-de-lis e o cabelo ruivo.

- Princesa, minha filha está desaparecida, o nome dela é Rafaela Flaminio, ela tem a sua idade, me ajuda a achar.

- Eu farei o que for preciso, minha senhora.

Ela volta com um sorriso para os braços de seu marido. Passando ao lado do mastro e indo para a proa do navio, Liz vê uma estátua que se parece com a sua mãe. Ela sobe um degrau, onde tinha mais marujos do Reino da Água. Frederico começa a se aproximar dela.

- Você reconhece algo, pequena princesa?

- Acho que a estátua parece a minha mãe, mas pode ter sido o sol que agora está forte.

- Não foi uma ilusão, minha pequena princesa. Essa é a Brígida do Mar. – Eles se aproximam da estátua, e sorriem para ela. - Olá querida, te trouxe alguém especial.

A estátua é a imagem desenhada de sua mãe, com um sorriso lindo, um cabelo de madeira e uma coroa de flores brancas nascendo no topo. Ela se inclina para o lado de Liz, mas presa à madeira do navio. Liz vai e dá um abraço nela, ela passa sua mão de madeira, bastante fria, em suas costas.

- Sua mãe salvou todos desse navio, salvou da guerra quando ela estava grávida de você, e nos defendeu na suprema Corte da Luz. Ela acreditava na nossa inocência, quando a gente nem acreditava mais.

- Ela era muito justa mesmo.

- Bom, sem sentimentalismo. Bruxos navegantes, vamos a estibordo, vamos para a Inglaterra, temos uma princesa para ajudar.

- Eu não sei como agradecer, eu não tenho muitos dobrões aqui comigo.

- Não precisa pagar, nós todos devemos a vida a sua mãe. Mesmo eu fazendo tudo, ainda vou ficar te devendo muito. Meninas, levem ela para dormir na cabine, a viagem vai ser muito longa.

As meninas elfos abraçam a Liz e vão com ela em direção a cabine, toda em madeira, com uma porta meia redonda. Ela abre e vê que é muito confortável. Há vários papeis com escrituras que pareciam poemas de amor. Ela dá uma olhada e lê uma, que tinha o nome de sua mãe.

"BRIGIDA, QUANDO O TEMPO SE FECHA, É PARA VER SUA BELEZA, SEM ATRAPALHAR SEU BRILHO. VOCÊ ME SALVOU DE TANTAS FORMAS, SEU SORRISO ME TIROU DA TRISTEZA PROFUNDA QUE AFUJENTAVA MEU SER E ME LEVAVA PARA AS TREVAS."

Ela fica sem entender e vai até a cama, se senta e fica se lembrando de algumas coisas que já tinha percebido entre seus pais. Ela olha para o chão e vê que tem um desenho de sua mãe e Frederico se abraçando. Ela o coloca em cima da mesa, e se deitando, começa a dormir.

Quase à noite, ela escuta um barulho alto, como se um canhão tivera estourado. O navio começa a balançar muito. Caindo da cama, percebe que tem alguém atacando o navio em que ela estava. Vai até a parede, onde há uma pequena janela redonda. Colocando os olhos, ela vê a cara de um pirata com olhar de maluco que começa a gritar com ela.

- CHEFE, EU A ENCONTREI HAHAHAH – berra o pirata maluco.

Ela corre até a porta e, quando a abre, vê o Barba Roxa, em pé, olhando para ela, com aquele olho quase cego, e com o tapa-olho que já não parecia amigável como na parte da manhã. Ela tenta voltar para traz, mas ele entra e com uma de suas mãos sujas pega no braço dela e a puxa para fora de lá.

- Desculpe, Princesa, são negócios, e negócios são dinheiro.

Ela vê toda a tripulação refém dos outros piratas e se assusta. Tenta se soltar para ajudar todos, mas quanto mais ela tentava, mais ele apertava, quase a machucando. O Barba Roxa segue andando e todos começam a dar risadas altas e horripilantes. Ela procura alguém no chão com uma roupa branca, mas não encontra ninguém.

Um homem grita em cima do mastro do navio, e a lua parece que reflete toda sua luz nele. Ela fica feliz, mesmo sem ter certeza de que era Fred. Barba Roxa aponta sua espada para cima, fazendo os canhões do outro navio, que era menor que o de Fred, apontarem para onde ele está.

- FOGO! – grita Barba Roxa.

Mas nenhum dos canhões atira, ele novamente grita, mas parece que nenhum de seus piratas o ouve. Então, Frederico vira fumaça, e vai parar na frente do Barba Roxa, que no susto, solta Liz e pega uma espécie de machado que estava preso a sua cintura.

- Um homem não pode nem sair para pescar que bruxos poçãrinheiros tentam atacar? Que vergonha, hein, Barba Roxa. Achei que tínhamos uma trégua.

- Nossa trégua acaba quando uma nova rainha nasce e manda.

- A única rainha que nasceu aqui foi essa mocinha que você estava segurando com tanta força.

- Você é estúpido mesmo. A Feiticeira de Ferro é a nova rainha, Vitória é a verdadeira rainha de todos.

- Espera, o que você fez com o seu olho, seu velho?

O olho do Barba Roxa está escurecendo, ficando totalmente negro, e sua expressão começa a mudar, ficando um pouco mais demoníaca. Ele observa em sua volta que todos os piratas dele também estavam se transformando na mesma coisa, e começam a machucar mais os prisioneiros.

Ele dá um passo para trás e tira sua espada, que brilha muito fazendo eles fecharem os olhos. Uma rajada de luz mais forte aparece e eles escutam um rugido de um tigre. Quando abrem os olhos, um grande tigre branco das montanhas estava ao lado de Fred, e Fred já estava sem sua espada.

- Bom, você já perdeu um olho por causa do meu animalzinho, agora quero ver você sobreviver a minha ira, já que você estragou o meu deque. Bebê, ataque esses piratas imundos.

O tigre corre para cima dos piratas, que também vão pra cima dele, ele consegue arrancar a cabeça de um e pisar no outro. Fred continua frente a frente com Barba Roxa, que começa a girar seu machado em direção a Fred. Ele começa a desviar, passando muito perto dele.

Fred se abaixa e dá um soco na cara de Barba Roxa, que parece não ter sentido nada. Ele, inconformado, dá mais uma vez um soco e um chute na cara dele, mas nada parece fazer efeito, nem o fazer dar um passo para trás. Mesmo assim, Fred continua tentando o derrubar.

- Se eu continuar assim, daqui alguns dias consigo te fazer cair. Espere e verá.

- O olhar dele parece o da mulher que atacou o castelo. – diz Liz.

Barba Roxa dá um passo para frente e novamente tenta o acertar com o machado, que fica preso no assoalho do navio e ele fica tentando tirar. Fred faz sua pena virar um grande martelo e atinge com toda a sua força a cabeça do Barba Roxa. Seu martelo se quebra em dois e ele só balança a cabeça para tirar os pedaços do martelo de sua cabeça. Com um movimento da perna para trás, ele joga Fred para o lado de Liz.

- Você está bem?

- Ele não é mais o mesmo, ele está muito mais forte do que no dia em que a gente lutou. Você vai ter que fugir, Liz, ele quer você.

- Não, eu quero lutar, eu posso ajudar vocês.

- Não, vou te mandar para a fazenda dos Smith Cure, o Rei Patrick vai saber como ajudar.

Ela tira sua varinha, aponta para o traseiro do Barba Roxa e uma rajada de luz vermelha sai dela. Ela acaba caindo para trás e a rajada vai até o navio do lado, destruindo-o por completo e afundando-o. Ele parece ficar mais furioso, e um pequena fumaça começa a sair de seus poros.

- É por isso que matei os seus pais, sua fedelha.

- O que você disse? – Fred o questiona.

- Acho que ele está sendo controlado pela Vitória. Eu acho que a vi matando os meus pais.

Fred começa a levitar e pequenos raios começam a sair de sua varinha. Enquanto isso, Barba Roxa retira seu machado e o aponta para ele novamente. Ele olha para Liz e, com um feitiço inaudível, a faz desaparecer dali, indo direto para Londres, onde ela encontra Edward Smith Cure, que estava levando mantimentos para os bruxos da cidade   estado.

Oi, eu sou o TonWelling B. S., o autor da saga SetedeSeis. Se chegou até aqui e está com um gostinho de quero mais, aguente só mais um pouco, que essa aventura só começou, logo, saberemos mais sobre esse mundo, seres mágicos e os não-mágicos.

O que será que a Feiticeira de Ferro quer?

Será que a Liz chegou sã e salva?

Edward Smith Cure, vai ajudar a nossa princesa?

Quem matou Odete Roitman?

O primeiro capitulo foi um presente meu para você, espero do fundo do meu coração que goste.